당신과 이렇게 살고 싶어요

구딩 노부부처럼

긴숨 그림 에세이

긴숨
그림 에세이

당신과 이렇게 살고 싶어요

___구딩 노부부처럼

Cooling Essay

사람의날씨

지금도,
먼 훗날도
소중한 당신에게

♥

이렇게 나이들고 싶다

유럽 여행 중에 손잡고 다니는 노부부를 보면서
'나도 저렇게 나이들고 싶다'라는 생각에
구딩 노부부를 그리기 시작했습니다.

영국 런던 빅토리아 박물관 앞에서 만난 한 노부부의 모습이
바로 〈매일 그대와〉에 실린 노부부의 모습입니다.
그분들을 캐릭터 모티브로 삼아, 또 저만의 상상과 바람을 담아
지금까지 구딩 노부부 스토리를 그림으로 그리고 있습니다.

처음 그림을 그리기 시작할 때는
마냥 환상을 그린다고 생각했습니다.
그런데 그림을 보고 '우리 부부 같아요'라고
말씀해주시는 분들이 많았습니다.

그분들을 보며 이렇게도 살 수 있구나,
허황된 꿈만은 아니구나 알게 되었습니다.

사랑하고 싶은 사람, 또 사랑하고 있는 이들이
구딩 노부부의 모습을 보며 사랑을 꿈꾸고,
또 사랑을 다짐하며,
오래오래 예쁜 사랑을 만들어가면 좋겠습니다.

2021년 초여름
긴숨

01.

Gooding's morning

당신과
이런 아침을 보내고 싶어요

02.

Gooding's funny day

당신과
이런 일상을 보내고 싶어요

• 이렇게 그리게 되었어요 〈매일 그대와〉 •

03.

Gooding's love

당신과
이런 사랑을 하고 싶어요

• 이렇게 그리게 되었어요 〈Beautiful Day〉 •

04.

Gooding's season

당신과
이런 계절을 보내고 싶어요

● 이렇게 그리게 되었어요 〈일몰〉 ●

♥ 구딩 노부부를 소개합니다

구딩 Gooding

구딩은 좋은 것이 계속 되길 바라는

마음에서 지어진 이름이며,

구딩 노부부 스토리는

할머니 '구사나'가 언젠가 자신이나 남편이

기억을 잃을 수도 있다고 생각하여

순간순간 행복한 기억을

기록해나가는 내용입니다.

♥ **포옹**

내 남편 '최종춘'

웬만한 일은 미소로 웃어넘기는 여유 있는 성격이며,

과묵하고 조용하지만 아내가 원하는 것을 잘 파악하고

세심하게 챙기는 멋진 남편이다.

지금까지 변함없는 사랑꾼의 면모를 보여주는

듬직하고 귀여운 사람.♥

나 '구사나'

처음 보는 사람들은 조용한 성격이라고 생각하지만,

사실은 장난기가 많고, 과묵한 남편을 웃게 하기 위해

늘 장난을 구상하는 스타일이다.

사람들은 내가 사람을 웃게 만드는 긍정 에너지를 지녔다고

해피바이러스라고 부르기도 한다.

주변을 살피는 따뜻한 마음을 가지기도 했다. 😊

"우리가 하나되어 함께 살아가는 이야기."

♥기록하는 사나

깜빡깜빡하는 날이 늘었어요.

우리의 행복한 순간이
언젠간 기억에서 흐릿해지는 것이 아쉬워서
그 순간들을 기록으로 남기기로 했어요.

나중에 내가 기억을 잃었을 때
당신과의 추억을 다시 기억하고,
당신이 기억을 잃는 날엔
우리가 얼마나 행복했는지 이 기록을 보여줄 거예요.

당신과 함께한 좋은 기억만
오래오래 남겨두고 싶어요.

자, 구딩 노부부의 행복한 기록 시작합니다.

01.

당신과
이런 아침을 보내고 싶어요

♥ 아침 풍경

당신과 공유하는

우리만의 아침 풍경.

따뜻한 햇살이 들어오는 부엌이

항상 우리를 기다리고 있어요.

우리,

아침을 시작하러 가볼까요?

오늘   아침도

오늘 아침,

너무 좋은 당신으로

하루의 에너지를 충전해요.

당신도 그렇죠?

우리 계속
이렇게 함께해요

우리는 치약 거품을 머금은 채
우물우물 대화를 나눠요.
어느 날 당신이 거울을 보며 말했어요.

"나으윽 키이 크어 다 으."
"으으 크이 따그?"
"응응."

나는 다 알아들었어요.

"나 키 컸다."
"컸다고?"
"응응."

우리만 알아듣는 우리만의 대화. 😊

우 리 의

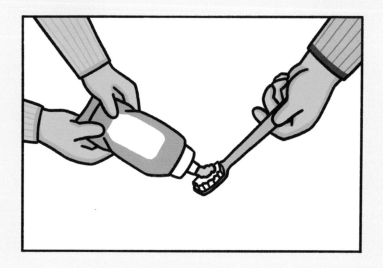

나는 치약을 밑에서부터 올려 짜고,
당신은 치약의 중간 부분부터 짜요.

처음엔 내가 하는 대로 밑에서부터 짜달라고 얘기도 했지만,
당신은 습관적으로 중간부터 짜더라고요.

다른 습관

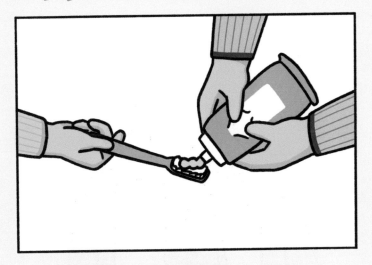

그래서 우리의 다른 습관을 인정하기로 했어요.

밑에서 짜든 중간에서 짜든 살아가는 데 큰 문제는 아니니까요.

중요한 건 이를 잘 닦는 거죠~!

건강한 치아로 앞으로도 맛있는 거 많이 먹읍시다.

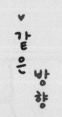

같은 방향

같은 생각, 같은 가치관, 같은 행동.

통하는 게 많았던 우리가 만나

같은 방향으로

나아가는 삶을 살고 있어요.

♥
아
침
체
조

핫둘셋넷!
둘둘셋넷!

뭐니 뭐니 해도
건강이 최고죠!

건강
주스

파프리카는 빼주면 안 될까요? ㅎㅎ

 안 돼요!^^

만드는 아침

우리 처음 결혼했을 때

나도 요리를 못하고, 당신도 요리를 못해서

둘이 요리책 보면서 하나하나 따라했던 거 생각나요?

밥 한번 해먹으려면 시간도 엄청 오래 걸리고,

간이 안 맞아서 이것저것 넣다가 더 맛없어지기도 하고요.

맛이 없어도 우리가 만든 거니까 어쩔 수 없이 막 먹었잖아요.

아, 그리고 어느 날은 떡볶이가 정말 맛있게 돼서

우리 일 년 내내 떡볶이만 먹자고 했는데,

다음 날 만든 떡볶이는 실패해서 다시는 떡볶이 해먹지 말자며

꾸역꾸역 먹었었는데!

지금도 우리가 요리를 썩 잘하는 편은 아니지만,
그래도 이젠 우리 입맛에 맞는 요리를 해먹으니
얼마나 뿌듯한지 몰라요.

생각해보니 요리를 모르던 당신과 내가
뚝딱뚝딱 우리만의 요리를 만들어내기까지
함께 만든 요리가 많았네요?
그 많은 요리에는
우리의 즐거운 추억 또한 한가득 담겨 있어요.

♥ 예쁜 말 해주기

얼마 전에 양파처럼 생긴 식물을 데려왔어요.
이 식물 이름은 수선화예요.
지금은 양파처럼 생겼지만
우리가 잘 키우면 예쁜 노란 꽃이 피어난대요.

드디어 꽃이 피었어요!
이게 다 내가 물도 잘 주고,
잘 키운 덕분이라고 생각했는데!

아니, 글쎄 오늘 당신이 식물한테
쫑알쫑알 얘기하고 있는 게 아니겠어요?
내가 지나가듯 '식물한테 예쁜 말을 하면 잘 자란대!'라고
했던 말이 그제야 생각났어요.

✿ 우리의 사랑과 정성으로

수선화는 무럭무럭 쑥쑥 자랐어요 ✿

일어나요 ♥

뽀뽀로 깨울 때까지 기다리는 당신!

얼른 일어나요~ 쪽!

인생을 시간으로 계산해보면

우리는 지금 저녁쯤 왔을까요?

처음 설레던 그 마음이

시간이 지나도 변하지 않았으면 좋겠어요.

그때 그 마음 그대로.

매일 아침처럼요.

매일 아침처럼

이렇게 그리게 되었어요

<매일 아침처럼>

저는 작품에서 아침과 저녁에 처음과 끝이라는 시간적 의미를 부여했어요.
만남의 처음과 끝이 변함없이 같은 마음이길 바라는 뜻에서
<매일 아침처럼>이라는 제목을 붙이게 되었죠.

이 그림으로 네이버 그라폴리오에서 주최한
커플배경화면 공모전에서 대상을 받았고,
이를 계기로 구딩 노부부가 알려져서
구딩 노부부의 대표작이라고 부르고 싶습니다.

1. 초기 스케치

2. 라인

3. 채색

4. 완성

02.

당신과
이런 일상을 보내고 싶어요

Gaalinga braayday

마당
있는 집

우리가 젊은 시절 꿈꾸던 모습.
그리고 마당 있는 집.

당신이랑 함께
우리 집을 가꿔나가는 일이
참 좋아요.

♥ 집에서 만든
김밥

오늘은 당신과 김밥을 만들어 먹었어요.
김밥 재료들을 준비하다보면 손이 많이 가서
그냥 사먹을 걸 그랬나 싶지만,
그래도 가끔씩 이렇게 집에서 만든 김밥이
먹고 싶을 때가 있잖아요?

당신과 만든 김밥은 유난히 더 맛있어요.

내 김밥이 더 예쁜 것 같은데요?

모양보다 맛이죠!^^

깨 쏟아지는 김밥

김밥 칼싸움(!)

내 김밥을 받아라~~!

먹고 남은 김밥이 많아서 그만… 🙂

싸우는 거 아니고

깨 쏟아지는 중입니다.

♥ 노부부 뷰티샵

당신 피부는 소중해요!

우리 이렇게 서로 도우며 살아요.

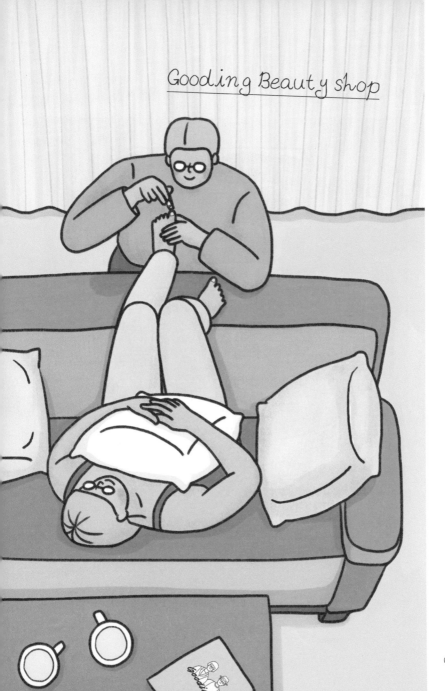

♥ 당신과

함께 라면 1

밤늦게 라면이 생각나는 날,

'여보, 라면?' 하고 눈빛을 보내면

바로 "콜!"을 외치는 당신.

당신은 최고의 야식 친구예요.

후루룩 후루룩.

라면 국물까지 싹 비워냈어요.

후후후. 우리 내일은 운동합시다~!

♥ 당신과

함께 라면 2

당신과 함께 춤을

거실에서 흘러나오는

잔잔한 음악 소리.

디저트를 먹다 말고,

당신의 손을 잡고 흔들흔들.

❀ 당신의 시선

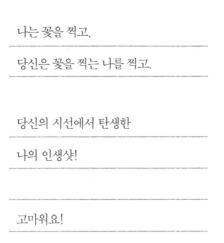

나는 꽃을 찍고,

당신은 꽃을 찍는 나를 찍고.

당신의 시선에서 탄생한

나의 인생샷!

고마워요!

♥ 잠시 쉬어가도, 멀리 돌아가도

시내 가는 길에 호수가 예뻐서
잠시 예쁜 호수를 둘러보고 왔어요.

당신과 함께라면
잠시 쉬어가도, 멀리 돌아가도 좋아요.

당신과 틈틈이 좋은 것도 보고,
천천히 가더라도
이렇게 함께하고 싶어요.

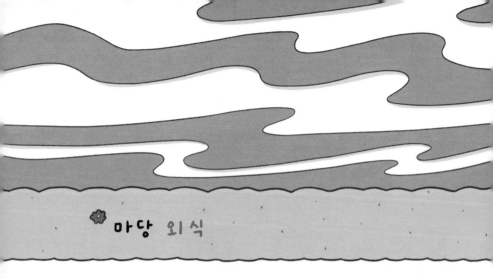

🌸 마당 외식

 우리 오늘은 밖에서 먹을까요?

 오 좋아요! 그럼 내가 마당을 멋지게 준비해놓을게요! (후다닥)

창고에 있던 테이블, 방에서 쓰는 의자,

옷장 속 쓰지 않는 빨간 천으로 멋지게 세팅해놓은 당신.

덕분에 오늘 우리는 아주 멋진 마당 외식을 했어요!

매일매일
재밌게 살기1 🩶

 '놀라게 해줘야지!'(두근두근…)

 뭐 해용? ㅎㅎㅎ

 집으로 돌아오는 길에 당신을 봤어요!
당신을 놀라게 하려고 빠르게 숨었는데…
으아앗, 이미 본 건가요?

매일 매일
재있게 살기 2 ♥

우리는 오늘을

사진으로 남겨두었어요.

카메라 각도를 잘 맞춘 후!

타이머를 누르고!

와다다다 빠르게 뛰어오는 당신.

내 눈엔 여전히 귀여워요:)

주말
장보기

장을 보고 오면

부자가 된 기분이 들어요.

바구니도 가득가득.

우리 식량도 가득가득.

당신이 좋아하는 사과를 고른 후,

오렌지를 살까? 레몬을 살까? 고민하다가

레몬을 샀어요.

왜냐하면 레몬이 더 예뻐 보였거든요.

그런데 오렌지도 사올걸 그랬나봐요.

지금 왠지 오렌지가 더 먹고 싶은 것 같아요.

어디 갔지?

또?

요즘 자꾸만 물건을 잃어버려서
찾느라 정신이 없어요.
막상 발견하면 생뚱맞은 곳에서 찾고요.

한 번은 지갑이 냉장고 속에 들어 있고.
또 한 번은 핸드폰이 없어져서 계속 찾았는데
손에 쥐고 있고.

나이가 들어 그런가 왠지 서글퍼지는데,
이럴 때마다 당신은 항상 웃고 있어요.
나는 심각한데 말이죠.

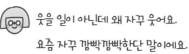 웃을 일이 아닌데 왜 자꾸 웃어요.

요즘 자꾸 깜빡깜빡한단 말이에요.

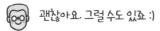 괜찮아요. 그럴 수도 있죠 :)

♥ 매니큐어

예전에 당신은 손톱에 바르는 건지
살에 바르는 건지 모를 정도로
매니큐어 칠이 많이 서툴렀는데
이제는 많이 능숙해졌어요.

이제는 전문가처럼
예쁘게 칠해주는 당신!

고마워요~!

오후에 소나기가 온다고 해서
아침에 널고 일찍 걷어왔어요.

당신은 당신이 잘하는 수건을 개고

나는 내가 잘하는 우리 옷을 개요.

오늘 저녁 우리는 환상의 복식조였어요! 😊

♥늘 함께하고 싶은 당신♥

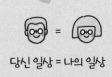

당신 일상 = 나의 일상

그 네

왔다 갔다
매일 같은 일상이 반복돼도
우리 매일 재밌게 살아요.

매일 그대와

당신 손을 꼭 잡고 강가를 산책하고 있는데,
한 학생이 다가와서
우리를 사진에 담고 싶다고 말해요.

그때 당신은 내게 눈빛으로 말했어요.

'어때요?'
'좋아요!'

강가를 배경으로 기념사진 한 장 찰칵!

이렇게 그리게 되었어요

<매일 그대와>

영국 런던 빅토리아 박물관 앞에서 만난 한 노부부의 모습이,

지금의 구딩 노부부 캐릭터가 되었어요.

백발의 단발머리를 하고 작은 크로스백을 멘 할머니,

벙거지 모자를 쓰고 에코백을 든 할아버지.

편한 복장이지만 패션 센스가 돋보이는 멋진 노부부였어요.

지금 그리고 있는 구딩 노부부와 신체비율은 다르지만

구딩 노부부를 시작하게 된 첫 그림이라

저에게 꽤 의미 있는 그림입니다.

1. 초기 스케치

2. 라인

3. 채색

4. 완성

03.

당신과
이런 사랑을 하고 싶어요

Caalinga love

껌딱지

오늘은 조금 힘든 하루였는데
당신의 온기로
에너지를 채웠어요.

시간이 지날수록
당신이랑 있는 게
제일 좋아요.

♥
사
랑

혼자 할 수 있는 일을

서로가 해주는 거,

그게 사랑이래요.

사랑받고 있어요

가끔 아이 대하듯
나를 대하는 당신.

나는 이것도
사랑이라 느끼나봐요.

참 좋더라고요.

그냥
좋아요

당신과 있으면 편안하고,

그냥 미소 지어지고,

그냥 좋아요.

사랑의 메시지

오늘은 책 정리를 했어요.
책 제목 앞 글자를 순서대로 읽으면,

"사. 랑. 해. 요. 최. 종. 춘."

당신이 언제쯤 발견할 수 있을까요?

♥

어부바

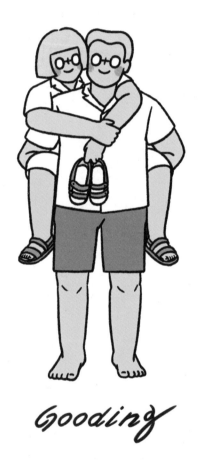

Gooding

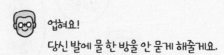

업혀요!
당신 발에 물 한 방울 안 묻게 해줄게요.

당신, 참 든든해요.

마트를 한 바퀴 돌고 나면
카트에 내가 좋아하는 것들이
가득 담겨 있어요.

내가 좋아하는 감귤 주스는
당신이 챙기고,
당신이 좋아하는 딸기는
내가 챙겼네요.

♥

어떤 날

 오늘 무슨 날이에요? 웬 꽃이에요?

 그냥 생각나서요.

아무 날도 아닌 날,
문득 생각나서 사온 꽃다발로
어떤 날을 만들어준 당신.

오래 기억에 남을 것 같아요. 오늘.

♥ 잘 자요

Good night ♥

 ?!?!?!?!?!!!!

 자다가 봉변당했어요!
대체 무슨 꿈을 꾸는 거예요? ㅎㅎㅎ

주말 오후

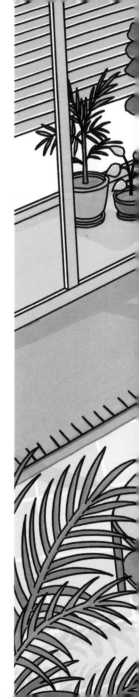

귤을 까먹고 책을 읽다가
나른해진 주말 오후.
당신 품에 안겨 한숨 잤어요.

참 편안해요.
참 좋아요.

언제나 늘 함께

예쁜 것을 보면 가장 먼저 보여주고,

좋은 곳을 알면 가장 먼저 데려가는 당신.

바깥 세상에 관심 없던 나에게

당신은 세상을 알려주었어요.

♥ 추억 여행

우리는 모으는 것을 참 좋아해요.

서로에게 쓴 편지,
함께 찍은 사진,
데이트 장소 티켓 등등.
한곳에 모아 잘 보관했지요.

당신과 가벼운 마음으로 보기 시작했는데
시간 가는 줄 모르고 추억 여행을 해버렸네요?

이미 백 번은 넘게 읽은 편지인데도
연애 때 편지는 지금 다시 읽어도
왜 이리 설레는지.

그때의 공기가 지금도 고스란히 느껴져요.

♥

결혼식 사진

"검은 머리 파뿌리 될 때까지 서로를 사랑하겠습니까?"

네!

결혼식에서의

약속을 기억해요.

시간이 흐른 지금 우리.

그때의 약속처럼

서로를 여전히 사랑해요.

♥ 그리고

♥ 증명 사진

신분증 사진을 교체하기 위해

오랜만에 증명 사진을 찍었어요.

같은 색상으로 맞춘

시밀러룩을 입고 남긴 증명 사진!

꽤 마음에 들어요.

사진 찍을 때 아이 달래듯이

'여기 보세요~ 웃어요 웃어~

아이 예쁘다!' 하던 당신 모습,

잊지 못할 것 같아요. ☺

♥
다시 태어나도
당신과 결혼할 거예요

우리는 젊은 날에 약속했어요.
변치 않는 사랑을 하자고.

주위에 결혼한 사람들을 보면 연애 때와는 사뭇 다르게
정으로 사는 것처럼 느껴졌어요.
왜 그럴까 늘 의문이었고, 나는 다르게 살아가고 싶었어요.

밖에 다닐 땐 손을 잡고 다니고, 사랑한다고 자주 말해주고.
연애 때처럼 결혼생활을 하고 싶었어요.
그럼 주위에서 그랬죠. 살아보라고. 그게 쉽냐고.

난 그게 가능한 사람과 사랑하고 싶었고,
당신이 나와 함께해주었어요.
변함없이 사랑할 수 있는 당신을 만난 게
내 인생 가장 큰 행운이에요.

고마워요.

♥ Beautiful Day

매일 예쁘다고
말해주는 당신에게
항상 고마워요.

나를 예쁘게 하는 사람은
바로 당신이에요.

이렇게 그리게 되었어요

<Beautiful Day>

배경에 반쯤 등장하는 해는 어릴 적 그림에서 힌트를 얻었어요.

유치원, 초등학교 시절 그림을 보면

해가 항상 오른쪽, 또는 왼쪽 귀퉁이에 반이 걸려 있더라고요.

이때가 보고 느낀 그대로를

가장 나답게 그렸던 시절이 아닐까 싶어요.

그리고 <Beautiful Day>를 작업하는 중에 하늘을 많이 보게 되었는데,

구름의 결이 한 방향으로 흘러가는 것처럼 느껴졌어요.

그 구름의 결이 맘에 들어서 계속 활용하게 되었답니다.

1. 초기 스케치

2. 라인

3. 채색

'해'

귀퉁이에 해가 걸려 있는 어린 시절 그림.

'새'

'우리 계속 이렇게 함께해요'에 나오는
새를 참고한 어린 시절 그림.

04.

당신과
이런 계절을 보내고 싶어요

Greetings season

♥ 좋은 날씨만큼
당신이 좋아요

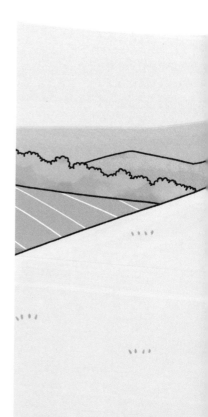

참 좋은 날씨.

당신한테 기대어
눈만 마주치고 있는데도

나는 참 좋더라고요.

당신이랑 봄 ✿

당신을 봄.

보고 또 봄.

봐도 봐도 좋아서 계속 봄.

보다보니 올해 벚꽃도

당신이랑 봄.

앞으로도 당신이랑 계속 봄.

♥ 우리의 지금 추억 ♥

옷 정리를 하다가
신혼여행 때 입었던 옷을 발견했어요.
세탁소 비닐도 벗기지 않은 채
고이 모셔둔 그때 우리의 옷.

풋풋했던 그때 우리의 모습은 아니지만
우리 마음은 아직 그때 그대로예요.

오늘도 추억으로 남긴 사진 한 장.

 우리 오랜만에 다시 입어볼까요?

 이제 안 맞지 않을까요…? 여보, 나 치마가 안 잠겨요ㅎㅎ

 하하하. 나는 단추가 안 잠기네요. ㅎㅎㅎ

♥ 비가 그친 후

비가 그친 것도 모르고
우산을 계속 쓰고 있었어요.

당신과 한 우산을 쓰고
걷고 있는 게 좋았나봐요.

♥ 비 온 뒤

우리 사이 더 가까이 ♥

♥ 밤하늘 아래

저녁을 먹고 마당으로 나와 그림을 그리고 있는데,
갑자기 비가 부슬부슬 내리기 시작했어요.
일단 비를 피해 나무 아래로 자리를 옮겼지요.
다행히 비가 많이 내리지 않아서
나무 아래에서는 비가 느껴지지 않았거든요.

가로등의 빛과 흐르는 달빛 속에
어두워지는 줄도 모르고 그림에 집중했더니,
어느새 비는 멈추고
당신이 내 곁에 와 있어요.

 언제 온 거예요?

 아까 비가 오기에 우산 들고 나왔어요.^^

모기의 계절

당신은 파리채로,
나는 에프킬라로
모기와 전쟁을 시작하는 계절.

잠 못 이루는 여름밤!
모기의 계절이 돌아왔어요!

♥
통
하
다

당신을 위해 몰래 수박을 준비해뒀는데,
당신도 마침 수박을 사왔어요!

우리 수박으로 통한 날이네요!

우리만의 여름나기

무더운 여름엔,
시원한 수박만 한 것이 없어요.

얼음 가득 채운 대야에
발 담그는 것도요!

당신이랑 있으니
이번 무더위도 금방 지나갈 것 같아요.

♥ 여유로운 **시간**

나무 그늘 아래,

당신과 함께 보내는 여유로운 시간.

당신과 함께하는 시간은

참 편안해요.

쉬어가는 _{등산}

 이제 우리 그만 올라갈까요?
여기도 경치가 아름답네요^^

 힘들 땐 무리하지 말고
함께 쉬어가요.

♡ 시원한 가을밤

매일 봐도 무슨 할말이 그리 많은지
매일매일 쫑알쫑알 재잘재잘.

아무래도 나는,
여전히 당신이
참 좋은가봐요.

겨울에 먹는
아이스크림

나는 벌써 다 먹었는데
당신 것이 탐나요.

한 입만요.

167

붕어빵

사랑하면 서로 닮아간대요.

우리가 사랑해서 닮아가는 건지,
닮아서 끌렸던 건지는 모르겠지만,
사람들이 우릴 보면 꼭 붕어빵처럼 닮았대요.
우리는 붕어빵 먹는 방법이 이렇게 다른데 말이에요.

당신은 머리부터! 냠~
나는 꼬리부터! 냠~

겨울나기

당신의 스웨터.

이번 겨울엔

꼭 완성해줄게요.

눈 맞은 날

당신과 눈 맞은 나!

참 다행이에요.
당신과 눈 맞아서.

크리스마스 홈파티

크리스마스 캐럴,
크리스마스트리의 반짝반짝 전구,
달콤한 케이크와 아이스크림,
아늑한 우리 집과 그리고 내 옆에 있는 당신.

맛있는 음식을 먹은 뒤에 찾아오는
배부른 여유로움이 참 좋네요.

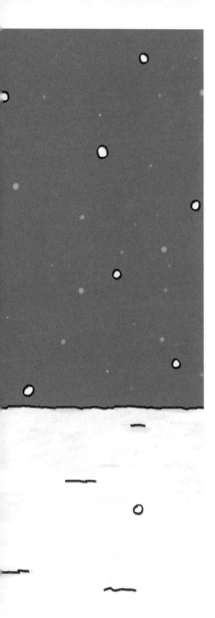

영원히 철들지 않을

우리의 크리스마스!

오늘만큼은 더 당당히

동심으로 돌아갈래요.

메리 크리스마스~!

♥일몰

지는 해를 바라보며,

미래의 우리에 대해

이야기를 나눴어요.

점점 더 설레고,

점점 더 기대돼요.

♥ 황혼

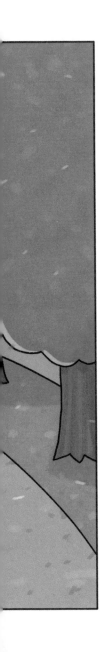

자전거를 타다보면 힘든 순간,

재미있는 순간이 반복해서 찾아오는 것 같아요.

오르막길에선 자전거를 버리고 싶을 정도로 힘들다가,

내리막길이 나오는 순간 세상을 다 가진 듯

행복한 감정을 느껴요.

올해도 어김없이 뜨거운 여름이 지나 가을이 찾아왔네요.

그리고 올해도 벌써 두 달밖에 남지 않았어요.

뜨거운 여름 지나 하반기로 들어선 가을을,

그리고 우리의 노년을,

내리막길 내려오듯

즐겁게 보냈으면 좋겠어요.

이렇게 그리게 되었어요

<일몰>

2020년 독일에서 5개월간 머물렀어요.

버킷리스트였던 외국에서 1년 살아보기를 실행하고 싶어서 독일로 갔는데,

코로나19가 터지는 바람에 1년을 채우지 못하고 5개월만에 돌아왔어요.

많은 곳을 다니지는 못했지만, 멋진 자연 풍경은 늘 곁에 있었어요.

가장 오래 머물렀던 방에는 창문이 하나 있는데,

이 창문을 통해 매일 아주아주 멋진 일몰을 볼 수 있었죠.

<일몰> 그림은 보훔에 있는 공원을 배경으로 했어요.

실제로 저곳에 벤치가 하나 있었는데,

종종 그 벤치에 앉아 캄캄해질 때까지 있다 왔답니다.

1. 초기 스케치

2. 라인

3. 채색

독일 보훔에 있는 공원.

방에서 바라본 일몰.

설레고 기대되는 노년을 위해!

저는 어릴 때부터 늘 궁금했어요.

나는 어떻게 나이 들어갈까? 어떤 모습일까?

나도 나이가 들면 뽀글뽀글 파마머리를 할까?

흰머리는 언제부터 날까?

그럼 매번 검정색으로 염색을 해야 할까?

나이가 들어도 영원한 사랑이라는 게 있는 걸까?

노년에도 연애 때처럼 알콩달콩 사랑하는 것이 가능할까?

결혼하면 정으로 산다는 말처럼

나도 그렇게 살아가게 되는 거 아닐까?

노년의 모습이 늘 궁금했지만,

그 모습이 쉽게 상상되진 않았죠.

그 상상은 대학교 4학년 여름방학, 영국 골드스미스 대학교로
디자인 전공연수를 받으면서 구체화되었어요,
그때 유럽의 많은 할머니, 할아버지 들을 만나고
노년의 모습을 즐겁게 상상할 수 있었죠.

그때 본 할머니, 할아버지 들의 모습이
굉장히 신선하게 다가왔어요.

젊은 친구들과 다를 바 없는 복장을 하고,
두 손 꼭 잡고 다니는 할머니, 할아버지를
흔하게 볼 수 있었으니까요.

나이드는 것에 대해 불편한 감정을 느끼는 것이 아니라,
노년에도 그 삶을 즐기며,
멋지게 잘 살아가고 싶은 바람을 그림에 담았습니다.

저는 과연 어떤 할머니가 될까요?
그리고 여러분은 어떤 할머니, 할아버지가 될까요?

제 그림이 즐거운 노년을 상상하고,
또 즐거운 노년을 만들어가는 데
작은 도움이 된다면 참 행복할 것 같습니다. ☺

긴숨 작가의
스케치북

Gooding

sketchbook

Gooding
sketchbook

당신과 이렇게 살고 싶어요

초판 1쇄 인쇄 2021년 6월 23일
초판 4쇄 발행 2023년 5월 30일

지은이 긴숨

펴낸이 박세현
펴낸곳 서랍의 날씨

기획 편집 김상희 곽병완
디자인 김민주
마케팅 전창열

주소 (우)14557 경기도 부천시 조마루로 385번길 92 부천테크노밸리유1센터 1110호
전화 070-8821-4312 | **팩스** 02-6008-4318
이메일 fandombooks@naver.com
블로그 http://blog.naver.com/fandombooks

출판등록 2009년 7월 9일(제386-251002009000081호)

ISBN 979-11-6169-165-7 (03810)

서랍의날씨는 팬덤북스의 가정/육아, 에세이 브랜드입니다.